SHIJUE·YU SI GONGSHU

视觉与思丛书

哎哟100

匡国泰 著

SPM

南方出版传媒

花 城 出 版 社

中国·广州

图书在版编目（ＣＩＰ）数据

哎哟100 / 匡国泰著. -- 广州：花城出版社，
2016.11
　（视觉与思丛书）
　ISBN 978-7-5360-8003-4

　Ⅰ．①哎… Ⅱ．①匡… Ⅲ．①随笔－作品集－中国－
当代 Ⅳ．①I267.1

中国版本图书馆CIP数据核字(2016)第242411号

出 版 人：詹秀敏
丛书策划：远　人　王　凯
责任编辑：王　凯　安　然
技术编辑：薛伟民　凌春梅
视觉设计：龙阿辉

书　　名	哎哟 100
	AI YO 100
出版发行	花城出版社
	（广州市环市东路水荫路 11 号）
经　　销	全国新华书店
印　　刷	佛山市浩文彩色印刷有限公司
	（广东省佛山市南海区狮山科技工业园 A 区）
开　　本	880 毫米×1230 毫米　32 开
印　　张	6.75　1 插页
字　　数	150,000 字
版　　次	2016 年 11 月第 1 版　2016 年 11 月第 1 次印刷
定　　价	45.00 元

如发现印装质量问题，请直接与印刷厂联系调换。
购书热线：020－37604658　37602954
花城出版社网站：http://www.fcph.com.cn

目录

序：漫游与回忆

在胶片时代，一张照片要穿过黑暗才能来到我们面前，并且它要自带路费和有限的光，犹如那日夜兼程赴京赶考的书生，它把白银，藏在黎明的乳剂里。

那一年，是在哪里？

在一条并不宽阔的河流对面，是无穷尽的青山。河水里面，倒映着对岸一个叫作乌宿的小镇。

我上了渡船，但很长时间它都静静停泊着。淡定的船老大，他要等待更多的人。过河每人只收费1元，眼见天色向晚，我多付数倍的钱，等于虚拟了几位过客，请渡船把一张孤独的底片，提前送往红日西沉的彼岸。

小镇上唯一的供销社招待所，有着我童年时代熟悉的气息，住宿费每晚10元。

我选择了三楼一个房间，卫生间在漫长的走廊尽头。我走过去的时候看见，招待所唯一的服务员，在澡堂里哗哗地放水洗衣服。因为终于有了客人莅临，她正在兴奋不已地歌唱。

她蹲在那里，用力揉搓着衣服，露出白色的腰，宛若青山偶尔露出它的一段性感的河流。

我有时会遐想，一张照片是如何诞生的。就是这样吗？

把睡袋之类的东西放在房间，我就去小镇漫游。街上几乎看不到什么人。在那一刻，我终于明白了，什么是所谓的失恋。那就是在某一个下午，你忽然被告知，你要被迫放弃所有的约会。

小镇外面，一条小路蜿蜒，它穿过银灰色的油菜地，然后又沿着芳草掩映的绿岸，去往暮色中的无尽山河。隔着几丘田那么远，看见有人点燃油菜地收割后的秸秆，噼里啪啦地，爆出一蓬蓬金色的火光！

返回小镇夜幕已经降临，之前空空荡荡的街上，奇迹般涌现许多穿白色衬衣的孩子，他们相互追逐着，身影在黑暗中飘忽闪烁，既明亮又虚无。不知他们从何而来。那时候整个小镇，就像是苍茫中一艘废弃已久的军舰，忽然落满了无数白色海鸥。

至今让我仍然深感疑惑的是，为什么当时就没有记录那场景，哪怕是一张模糊的影像？为何在那奇迹发生的时刻，手中的相机却仿佛不翼而飞？

我习惯性的判断也错了。当我终于找到，下午就看好的那家小饭店，人家却早已收摊了。白天本来就生意冷清，又怎么能要求其24小时营业，等待一个来历不明的客人呢？

多少年以后，我依然清楚地记得，我那天的晚餐，最后只是一盒5元钱的方便面。而那壶泡面的开水，是白天在澡堂里洗衣唱歌的女服务员，应我之要求所提供。一种老式的国营旅社服务风格，貌似疏离、缺少热情，却不乏货真价实的些许温暖。

那天下午，我执意要离开那座古代的县城，只身一人，投入群山万壑的怀抱，那里的朋友，还是甚为担心的。天黑之前发来一条信息，说，我们这里刚才落冰雹了，你那里下雨了吗？我回信息说，这里暂时还没有什么动静。但很快，窗口就亮起耀眼的闪电。

寂静的人，听见过自己心跳的声音吗？干净、简洁，没有任何的杂质。一张照片，就像是一个未知的小镇，我在它的里面留宿过。有些许的恐惧，和莫名的不确定性。

那夜，小镇供销社招待所，只有我一个弥足珍贵的客人。又隆重，且又可有可无。假如一整座旅馆落满了星星，有谁还记得我？

窄小的单人床，居然还是欧式风格，它虽然已有些黯淡陈旧，却仍然透露出，这僻远之地曾经昙花一现的新颖。我把圆桶状的蓝色睡袋在床上展开，如峡谷里浪花翻卷的一条小河。它有着我自己身体的，独立的气息，是值得信赖的。

房门上简陋的碰锁和插销，看上去有些形同虚设。于是把靠窗的茶几，移过去用一头抵住门，再把红色热水瓶放在茶几上，并且也倚门而靠。这就等于设防了，也恍若儿时的游戏。但是，那夜我并没有听到茶几和塑料热水瓶倒翻的声音。没有谁来造访，我的马赛克梦境。

那可能来自梦乡的影像，也许它自身是盲目的。它就像双目失明的蓝调歌手，曾在月光下的小镇酒吧里，诉说存在的真相。人们无法忍受他空洞的眼神，和浮现着嘲笑的面容，但又迷恋他的诚挚和谦卑。如宝丽来相信涣散的美和被忽略的诗意，这世界依然愿意承受，那些偶尔曝光过度的迷茫。

第二天早上，我在小镇商店门口，等待去往群山更深处的班车。买矿泉水时那店主对我说，你一个人，也太孤单了。

漫游和摄影，等于自由和幸福。我常常为此激动得发抖，却依然表情平静。

我是你用晨雾赞美的那个孩子

井

　　青石板小路，从井边通往村子，总是那样湿漉漉，映照出少年的赤脚和白鹭的倒影。井的秘密不断被水桶撞破，你想象不出它会是那样迅速归于平静，它的自我愈合能力极其惊人。我知道井里有天空的历史，但我无法把它们取出。谁能把飞翔的底片拿在手里？我的故乡，只需要留下一口井，就可以说出它往日的清白。我深受此影响，在这个世界上，我只打算留下一个女人，来证明我不是坏人。

第二次和第一次

第二次看见那张照片的时候，第一次看见的那张照片已经不在了。一个摄影师，带着一批过期胶卷，去访问一个被遗忘的地方。第二次去那个地方时，第一次去过的那个地方已经不在了。一个曾经被遗忘的地方，遭再次遗忘。

深蓝

　　天才是一个突如其来的极品，没有任何可疑的成熟，也无法老下去。大师需要时间，天才不需要。如同飞鸟省略梯子，天才从一开始出现在人们的仰望里，就比上帝承担更多的危机。天才绝对需要一个深蓝色的背景，否则看上去，他们也就和常人一样。天才的陨灭，与利用死来出名的愚行无涉，他们绝不会随便丢弃自己，其中必然有更大的原因。如果没有，我们也只能将他们的早夭善意地归结为倦怠，就是说他们的生理年龄已无法留住他们在这个世界上，他们的精神已超前到达了几百年甚至几千年之后。他们已从所谓的未来回来，难道还没有权利安睡？

熄灭

许多事物只有在光的熄灭里才会出现。懂得一盏灯的熄灭，你就懂得了一切，拥有一盏灯的熄灭，你就拥有了一切。如果你在熄灭里找不到性，打开灯你就更加找不到。某种理论上的错误，让我们看到一个光芒中的笨蛋。

去过未来的鸟

关于未来，鸟永远比人类懂得更多。我们有理由怀疑，它们经常去未来过夜，然后又飞回来。因为它们总是那样，要么窃窃私语，要么仓皇失落。有一点是可以肯定的，那个叫未来的地方，对它们美丽的羽毛毫无损害。

神话

　　"一个乞丐，骑着饥饿的云朵，翻越群山去奔赴天堂的晚宴。"这是我对一封信的描述。我在山坡上，在膝盖上写一封世界上最短的信，抵抗漫长的一生。在我写信的时候，千万个我从草丛中爬上我的膝盖，在一张揉皱的白纸上与幻想举行婚礼。"我喜欢简单。"一个人曾对我这样说过。我也和她一样讨厌复杂。就这样，甚至来不及盖上神话中那枚落日的邮戳，比一生更短的一封信，在我的膝盖上，被风吹走……

月光往事

　　我的往事大都被月光埋葬。被月光埋葬的往事不会畸曲变形。它们被埋葬的时候，只有轻度的眩晕而没有窒息的痛楚。我的祖国在月光下渐渐清晰起来，因为我的往事跟我的祖国有关。在白天从来没有这样的感觉，只有在月光下祖国的投影才出现在我的额上，像我的往事一样不可磨灭。今夜，在朦胧的月光下，我想让蒙面人还我真相。我想知道，到底是谁想窃取我的往事？我想和他坐下来，唱那支歌："月光啊月光，所向披靡的婚纱……"

远

　　远远地看见远，就像不回家的儿子，站在那里，穿一身学生蓝，像空气一样若无其事。其实没谁看见过远，看得见的都不是远。远是从前，远是未来。未来和从前谁比谁更远？谁比谁更需要眷恋和慰藉？远是一种未成熟的朦胧的思想，是天边稀罕的绸缎。手摸不到的地址里婴儿成群，鸡鸣不已。远或许曾经来看望过我们，恰好那时我们正与近在做爱，远就走了，越来越远。

小镇之一

　　我们经过银灰色篱笆的学校，我们看到医院在葱茏的树丛里，刚刚下过一场小雨，街上到处是湿润的镜子，我们在邮局寄了明信片，我们的早餐是牛奶和面包，我们正准备到一个朋友家去，听一场室内四重奏，朋友圆形的房子像一座水塔，白色的，在蜿蜒的河流旁边。我一直试图描绘出这样一个小镇，它似乎不在这个世界上，"在我们明亮的书桌上，有深褐色的鸟粪"。

回家

这个嘈杂的时代，一次最简单的饭局。在阁楼临窗的小桌旁，面对面而坐。透过整幅的玻璃，看见街心推车的水果小贩正忙着避雨。"那些雨中的水果好鲜艳呵！"她惊喜的叫声，像那场夏日阵雨间隙中波动的薄膜。哎哟那些梨呀桃呀瓜呀，还有那远在风景上衣口袋里的故乡呀，全都悬挂在她晶亮的睫毛下了。当雨声渐小，沉落对面那杯亲切淡雅的菊花茶里，那感觉是回家。居然会那么近。我对她说："我的家，在你的身体里面。"那是这个时代最伟大的耳语。

散射光

　　德尔沃的女人陶瓷般精美，没有血液的温度和毛孔微汗芳香的气息；她们出现在幽暗月夜超现实大街上或者钢铁交叉的车站，神情漠然，连自己都不熟悉；她们不是女人，只是午夜城市牧歌的一些静态符号。我喜欢过四川美院一位女讲师画的一幅人体作品，感兴趣她那样描绘女人的肩胛窝的隐秘：细腻，不深的阴影，仿佛裸露在河床干净岩石上浅浅的积水坑。从那以后我的心里，便有了一个风雨过后的清新早晨和对散射光的无限敬意。

蝴蝶

蝴蝶看上去像一门外语，读它的美丽时，中间已隔了一层胶质的细膜。蝴蝶是优秀的翻译，自己翻译自己；以它的暧昧本性，当然更多地向意译倾斜。由它译出的风中图案，一半是本真，一半是幻影。蝴蝶的蹁跹是现代舞蹈，其栖息则是民间刺绣，千百针的犀利与精确，将观者荒凉的心情，缀成神秘织锦。无论看上去怎样慌乱与笨拙，追赶蝴蝶的人总是可爱至极。也从来没有看到，有哪样的逃避比蝴蝶的逃避更赏心悦目。以情人的姿态追逐过梦想，然后盘膝坐于草地，看蝴蝶纷纷覆盖故乡。

寂静的瀑布

　　自由是一种虚无的东西，我却如此爱它。它是穿牛仔裤白衬衣的年轻女友，或者，它是在客厅看电视并且随意换台的任性的父亲。在一个旅人浪漫的档案里，只有白云，这种叫作自由的东西，尚可以值得炫耀。青山是个寂静的聋子，震耳欲聋的瀑布，被冻结在夏日冰箱。

　　　　　　　　　　　　　　　　　　　　　牧场

　　是牧场把他的一生给毁了。可以肯定是这样的，可以肯定是牧场这个
宁静的老家伙一直在骚扰他。他没有想到还有牧场这种比他更宁静的东西：
"真丢人啊！"

与冬天书

　　最初的雪。最后的信。野花不易察觉的清晰，旷野了无痕迹的完整碎裂，彻底的遗忘与铭记！"如果事情真是那样，算不上羞辱，但真的不是那样。"但白色不能使白色更白，雪上面加上雪依然是雪吗？这惩罚像一只巨鸟降临布下安息，它带来的不幸与幸福何其相似！保留你寒冷的权力亲爱的冬天，远远地献给你唯一的温存，以草垛的独立与诚挚。此致。敬礼。

荞麦地

　　朴素的少女，出现在山坡荞麦地，使我突然泪水满面！我之所以这样，是因为我根本不认识她。与此同时，另一个女孩出现在一间静静的书房，她坐在那桌旁也泪水满面，是因为她根本不认识我？荞麦地，书房，这两个场景之间，一个自行车轮突然刹住它眩晕的光芒，它人道主义的暂停仍然魅力四射！我听见这个自行车轮在喃喃自语："哦，吓着你了吧，我活着可是为了让你高兴！"

最后的光芒

　　我们到达那里的时候，已经是傍晚了。每到一个地方都是这样，虽然已经闻到香味了，但开餐还得要一会，我通常喜欢利用这点时间，去到离房子远一点的地方方便一下。我知道房子里有卫生间，但我仍然喜欢这种四顾无人的方式。我没想到女主人会出来抱劈柴，当发现她向这边走来时，我想憋回去，但是已经不行了！我想她肯定看见了，我的身影在暮色中最后的抖动。晚餐的时候，女主人在灯光下对我笑了一下，她笑什么呢？

总统与雾

　　这是卸妆的时刻，总统先生正走出他的椭圆形办公室，为了世界和平，他要携夫人和女儿们，一起去农场度假。总统要在雾中的农场，会晤来访的外国元首，打着伞在雨中相互发表演讲。这是森林的婚纱时刻，骑摩托车的山地青年，在雾中搭着他的未婚妻，去山下小镇超市，买她喜欢的洗发水。他喜欢被她搂着腰，脸蛋像松鼠柔软地贴在肩膀。这也是我的时刻。我需要一场大雾，忘记更多的人。

远方酒吧

　　戴宽边草帽的男人走进来，离开的时候他仍然戴着那顶宽边草帽，他的宽边草帽在那吧台上搁了好长一段时光，粗糙、破旧，呈现出岁月经久的光泽，像它的主人一样沉默无言。风，久久吹拂着突出的山包。

洋葱与女佣

　　洋葱是那种一直可以把皮剥下去的东西。一般来说，任何果实撕掉三层皮之后，就可以看见里面了，但不管你怎么撕，洋葱依然坚持着外面，恰如我们许多次去找一个朋友，而他每天都不在家里。这样一个早晨，阳光粗鲁地扑进巨大的落地玻璃窗，女佣在那里已被完全遮灭，她的周身烟雾葱茏，浸染出一帧十八世纪的外省风光。女佣始终在一切事物的外表忙碌着，对里面漠不关心或许怀着深深的敬畏。我们知道，他热爱洋葱。在女佣打破牛奶罐的那个早晨，我们看到了纯洁的惊慌，像白色鸟，逃逸黑色山峦……

时光的礼物

　　历经无数黑夜与黎明，灰白的帐子，是笼罩整个童年的一床晨雾。在它的里面，那些依稀的风景依旧吗？那被褥起伏的山脉，那床单皱折的旷野，还有远方枕头的丘陵，在那里，依然保留着我对你的无限的遐想。我已把萤火虫的夜话交给你，遗憾的是，我来不及对你说出结局。鸡叫了，天亮了。请原谅这个过于幼小的故事，它没有真相大白的时候。

镜子

孤独的石子和鸟，只是偶尔叫一声，然后又归于沉寂。这情形，如同一个黑皮肤少年惹出事情之后，他暂时装出很听话的样子，期待着一切很快过去。这是我所见过的最寂静的风景。"我看见你们了，出来吧！"我想从镜子里，把所有梦游的人都叫出来。我看见他们，都在里面，在玻璃片断的浓荫，在那个夏日久远的天空和漫长的植物的气息里面。

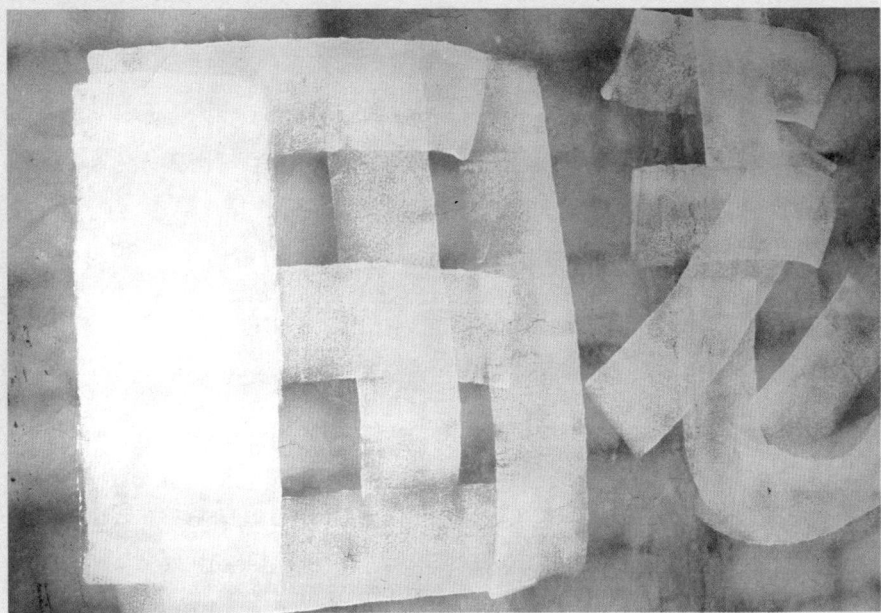

饥饿简史

　　一个朋友，说起他早年挨饿的经历，他的父母早就不在了，是打柴的爷爷供他上学。他说："我已经断粮了，实在交不出伙食费，那天下午，食堂开餐的时候，为了不让同学们看见，我朝着学校外面的小河边一顿猛跑，我站在那河滩上，梗着脖子，努力不使自己的眼泪掉下来！"就是那样，不管因为什么原因，饥饿毕竟是一件羞耻的事情。一个人，在一个不为人知的地方，空空的胃像山谷，那巨大的寂静，消耗着多少露水和时间！我的朋友后来又说："从那以后我知道了，不管遇到什么事情，你试着把一天过完，你就能把一生过完。"

距离

　　"他对生活有了好感，是因为那个深秋之晨略微的饥饿。"这句话，记录了我生命中极珍贵的一个状态。我用"他"来说出自己，是因为当时感觉需要距离，好像远远地看见另一个人。这是好多年前的事了。这句话，一直在我空白的笔记里，等待我重新想起它。

漂泊

恍惚不定的人穿过山壑与河流，他的身上笼罩着抽象的水银。一个苹果是一个地点，一道伤痕是一段时间，一朵野花是一个虚拟的故事。他忘却了饥饿，就像一朵云从不带着他的胃旅行，他吃饭的目的，仅仅是为了让筷子和瓷碗重归于好。他感谢野地无所傍依的睡眠，"比死亡更幸福"！在清晨被一大群露珠接连不断地吵醒，他如梦初醒的迷惘，就像没有任何图像、灰白的电视屏幕。

在桌旁

在故乡，随便去哪儿打听，人们都大略知道我，我用筷子蘸着清水在饭桌上写过我的名字。那是在吃饭之前，漫无边际地说起一些外面的事情之后，我就那样做了。很自然，根本不是炫耀。那意思是：以后你们可以来找我。我的名字在饭桌上消失得很快，如夏天短暂的雨，刚刚把路面打湿，顷刻间又干了。我也无法再想起那些脸，那些正面的、侧面的岁月的脸。

预兆

在春雨的淅沥中，布谷鸟的歌声是羞怯的。神一样的老猎人，每天早晨醒来，他只要嗅一嗅自己的手掌心，就可以知道，当天会打到什么猎物。他的手掌心沟壑纵横，在清晨，所有的野兽都会带着它们身上独有的气味，从梦和预兆中醒来。多少年过去，弥漫的往事随硝烟散尽，铳声依然回荡，在怀疑主义的深深山谷。

下弦月

　　下弦月出现时，连咖啡都睡着了。一管洞箫把它送出黑暗，万山岑寂。这悄悄割过我们枕边青草，割伤过我们耳朵的下弦月啊！而一早醒来，我们记起什么似的，摸摸耳朵，却是安然无恙。是的，我们都受过伤，但迄今为止，我们都安然无恙并且继续犯一些小小的错误。但我们不再在醒来的时候，摸自己的耳朵，我们已经忘记了下弦月。出现在微茫的群山之上，那曾经被伤害过的爱情，依然那么清晰。"只有你深爱过的那个人，才会在深夜来到你梦里。"

虹

　　风雨之后的彩虹，在天边，是纯粹后现代的杰作。它优美的弧度，恰到好处地笼罩着一个情爱的理想国度。它的出现如同它的消逝，如果不是一个惊讶，又会是什么？任何人都没有资格在它面前谈论死亡！多么好，多么坏，都是生活。提心吊胆地爱一次吧，如果连美丽都不敢相信，我们还能相信什么？爱吧，哪怕阳光与雨珠折射出血管里最后的感伤。我至少可以低下头这样说："回首我的一生，亲爱的彩虹，我几乎拥有了你……"

草木灰

　　黄昏对淡蓝的烟雾有一种偏爱。农民用宽锄把田塍上的草一块块刨下来，用手捧在箕里，然后挑到田中央一起点燃，远远看上去像一堆温存的祭奠。混杂着铁线草，半夏子，老艾，野菊等等的苦涩和清香，此外再拌上泥土的朴拙和干爽，那就是草木灰的全部气息。这气息因为风向，有时会远去旷野的边缘，有时会全部涌向村庄。手捧青瓷花碗的男孩在门槛上发呆，碗里剩余的饭粒成为夜幕降临之前为数不多的感动。至少有一个人知道我为什么如此沉浸于对草木灰的回忆，我从她身上闻到过这种气息。偏爱不是选择，而是一种自由主义的身心倾斜，像年久失修的木屋，逐渐倒向土地的怀抱。整个村庄氤氲在草木灰淡蓝的气息里，哎，月亮升起来啦，一首天真无邪的儿歌……

致无限远

写一封信，致无限远。谨代表，谨代表我的父亲母亲，向你致以亲切的问候和崇高的敬意。谨代表我的兄弟姐妹，向你致以向往和敬畏。谨代表我的父老乡亲，向你致以五谷杂粮。谨代表我屋顶的晚炊和林间晓雾，向你致以美丽乡愁。谨代表春雨和檐下的乳燕，向你致以迷茫和细雨。谨代表水牛和田野，向你致以四季明信片。谨代表太阳、星星、月亮和我蚊帐里的萤火虫，向你致以广阔而神秘的爱。谨代表我已经看到的一切，向你致以所有我无法看到的一切。谨代表我无法知晓的到达的那一天，向你致以我的赤脚，向你致以我的纯洁、腼腆和小小的冒险！

送L远行（一）

　　看不见米的日子，米是一种声音。那是一种坚定、明亮、注重实际的农村妇女的声音。"回来吃饭吧。"无论去多远，米要你回来，你就要回来。无论多少都不要拒绝，一粒米的亲兄弟，一把米的全人类。哦，回来吃饭吧，老屋深处，米是黑暗中的白马王子，等待一缕袅娜的炊烟还乡。

河面上的茧

　　我相信生活就是连环画。我相信另一个幻想破灭得更彻底。在一个溺水的女孩融入波浪之后，我相信河面会更加宁静。我说出来也不会有人知道，儿时我曾和伙伴一起潜入水底，相隔着很远互击卵石联络，那微弱而坚实的铿锵，那声波震得耳膜很痛！我在水底睁开眼睛，阳光从头顶照入，身边是曼妙的水草和细小的鱼群。河面是多么平静啊，暗号是水波上的茧。我说出来也不会有人相信，永远也不会相信。

山雨

　　很可能这场雨，只有我一个人看见了。还有人在雨中，但因为他们身在雨中，所以很有可能没有看见这场雨。我也在这场雨中，但我知道，这场雨其实离我很遥远。在这场阵雨来临的前夕，在骤然的昏暗里，我看见了人们明亮侥幸的脸！匆忙而不慌乱，有人必须穿过这茫茫的雨幕，把菩萨的脚印带回家。我一生有许多错过，但是我遇见了这一场雨，在群山万壑的腹地。并且，遇见了那个在雨中回家的人，我在心里为他祈祷。不知道是爱还是伤害，在我们的一生中，有多少雨在头顶来了又去？这很可能是一场隔山雨，雨在山这边下着，山那边，恐怕太阳正坐在谁家的屋顶上发呆呢，在初夏，这是很经常的事情。雨及其一切，苍天保佑吧。

谈话节目

　　关于写作：就像土豆用它的身体，在黑色的泥土里呼吸。关于名利：有人将为此付出代价，比如说，他会在五星级宾馆豪华的总统套间里失眠，依赖酒和安眠药。当然，这很可能是一种妒忌，也许别人真的很风光也很快乐，而且身体健康。关于目前的生活状况：我只能说此刻，这里的寂静适合我，我比谁都活得更好。这话也有一个前提，就是，我不跟任何人比。关于权力：我可以想念任何一个人。在这里，我想向另一个人问好，我们已经好久不见了。

墙

　　很久很久以前，我躺在一堵石灰墙下睡觉。我偶尔爬起来，在墙上写一行字，像天空突然出现歪斜的鸟迹。有时也在墙上钉一张纸片，风从窗口吹进来，小纸片就沙沙响。那可能是深秋，那黑白照片般的场景，因为贫穷而显得空旷光亮。在一堵刷得很白的石灰墙下，没有谁打扰我纯真的梦。我偶尔爬起来，做一些莫名其妙的小动作，完成了我的童年时代。

光阴颂

　　飞檐走壁的太阳和月亮，这一对情侣超尘绝俗步履轻柔，悄然移动内心绵延的山谷。光影无常，明晦不定，皱褶里躲着捉迷藏的孩童。什么样的亮茧包裹苍老的婴儿，什么样的暗窗珍藏岁月的金条？要放弃多少财富才能成为一个快乐的穷人，要交出多少梦想才能换取一次觉醒？一个传奇瞬间，等于一万年。

欢喜

　　一口气吹灭油灯和花瓣，吹散镜子里的信件和星辰。那样的夜晚，一只青蛙叫出半个月亮，那样的白日，像一枚虾子在一碗清水里想念。一点点好都要记住，像孩童记住他嘴角的饭粒，再多的伤心都要忘记，像太阳忘记它的阴影。多少年以后，在谁的怀里安息在谁的心头复活？若时光要你归还新娘，你应当手忙脚乱地表示感谢！

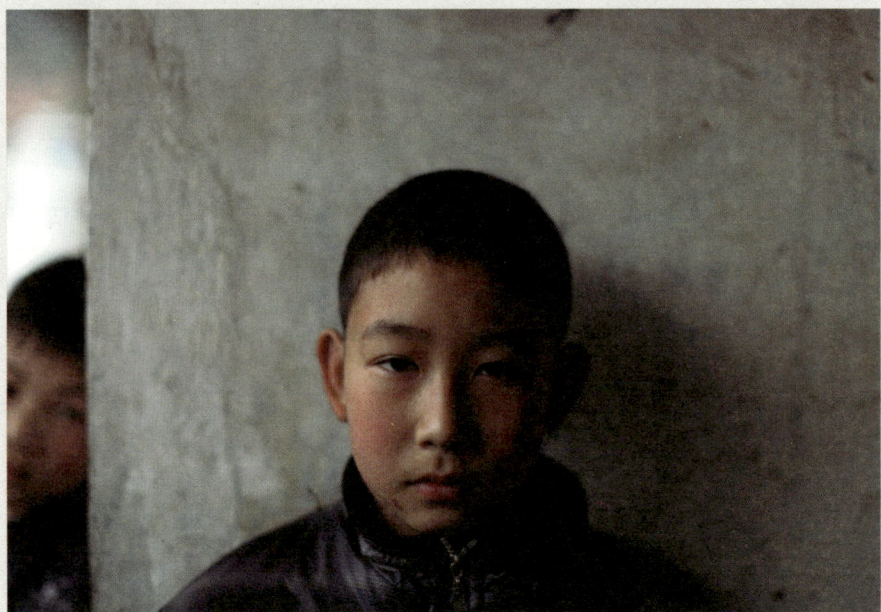

霜降

　　从前到小镇上去看露天电影，夜半归来家家户户都已关门，所有的灯光都熄灭了，月落山墙，田里的干草垛已敷上一层银霜；记得每次走出村口古樟巨大的暗影，我对悄然跟随自己的影子，都有着蓝烟般冷清的怜惜，就好像它是我失散多年的同胞兄弟，今夜和我一起回来了。多少年过去了，儿时的那些伙伴，肯定是早已将我忘却。一个人回故乡，就像访问自己的梦。我的一生，不会比小学时代的那把尺子更长，而我却曾经用它丈量过爱和永恒；想到这一点，泪水不由得就涌上眼眶！

默片时代

往昔是默片，无论怎样诱惑，它再也不会，发出多余的声音。时光的易拉罐，静静伫立在童年的礼堂里。一场电影结束了，片尾的字幕，像黑压压的雀群，出现在晾晒的被单上。再也见不到穿着棉袄的大雁，只有它们知道，那一封花尾巴的匿名信来自何处。"躲在被窝里读小说的年龄，你唤醒了我的初恋。"清泉流过山冈，深秋被窝里最赤裸的遐想。

诞生

　　一片鸟影般的钥匙，突然打开万籁俱寂的记忆保险柜，一个钻石般的日子，在里面闪闪发亮！你看见的这个日子，不在岁月普通的流失里，你想起的这个人，不能叫作别人。她至少和你自己一样重要，甚至更为重要。你想起她的生日，是因为她还在想你，她还在这个世界上，是你还在这个世界的理由。你想送她一个生日蛋糕，想看她吹熄红烛的粲然一笑，然后将一生的向往，停留在她地平线一般迷人的唇线。哦，谁的生日，谁的偶然的回眸，最遥远的睡眠中最骄傲的疼痛？你突然想静静地躺一会儿，完成对一个人的祝福，然后再诞生。

送L远行（二）

辽阔的山冈上，飞机从头顶飞过。几个孩子挥舞着手中的衣衫，跳跃、欢呼着！飞机上坐着什么人，到哪里去？也许他们根本就没看见这一切？多么巨大的忽略呵，嗡嗡的声音还震颤着耳膜，但已看不见飞机的身影。多少年以后我坐在飞机上。朝下张望时，多么想看见那几个火柴杆般的孩子。他们在哪里？我怀疑我是他们其中的一个，但已无法确认。飞机失去鸟的比喻。

电影院

那天，有人告诉我，某某回来了。不知为什么，那天，我想晚一点回家。我进了一家酒馆，要了一杯啤酒，然后又要了一杯啤酒，我看着街上的行人，好像跟往常不一样。在此之前我在黑暗中看了一场电影，我以为是夜晚了，但出来之后，天还没有黑。

桃花劫

某某说："惩罚一个人，干吗让他去蹲监狱？让他去想一个人，日日夜夜想一个人！"桃花盛开，漫天云霞。某某真残酷啊！

肥沃

　　"肥沃"。说出这个词，舌头就变厚。这个词的发音饱满，舌头像一片壮硕的草叶整个卷起，搅拌着松软的内涵。土地的衣领在远处翻起，闪着童年脖颈的油亮，身边的水罐和清风，已不能轻易挪动。肥沃，肥沃。我们有时等待一个词语，就像等待一个情人。肥沃的女人走过来！飞鸟缓缓画出，天空怀孕的弧度。

关于诗歌，是越来越看不清它了。在我所见过的事物中，它有些像盲人手中的灯，或一场突然笼罩山村的雾。诗人的存在使这个世界变得可疑，像静夜里我的皮肤，只是比黑暗略微亮一点。尽管要冒这样的风险，一旦知道诗是什么就再也不会去追寻它了；但我仍要借用盲人手上的灯，去照耀词语中的裂缝，或者去雾中寻找失魂落魄的太阳。这就意味着我要做这样一件工作，类似于警察，我必须把拥挤不堪的诗人一一驱散，最后只留下一个泪流满面的傻瓜。他看起来是无辜的，跟诗没有任何关系。

音乐生活

　　一个阴天的下午，应邀去做客。请进。她从厨房出来，腰间系着围裙，显得丰满，比刚认识那时更像生活。吃饭时她说："管你吃饱。"那口气像宠爱自己的男人。饭后在客厅听音乐，那音乐来自天堂。我在那音乐中放肆哭泣，就像挨了情敌一顿痛揍，并且决不还手。好多日子过去了，眼前总浮现出这样的画面：她将客厅的音响旋小，然后去厨房择菜叶，她把那些虫蛀的菜叶拿掉，就像从音乐中拿掉糟糕的耳朵。为了幸免于难，我将终身维护一只优秀的耳朵。

黑墨水

　　这瓶黑墨水将说出我的一生，在初秋之晨的窗台上，现在它保持着沉默和生机勃勃的轮廓光。"你只需半瓶墨水就可以极尽殊荣！"一个声音低低的告诫，仿佛一个历尽千山万壑返回的哲人的回音。好，就半瓶黑墨水吧。另外半瓶，可以留下说些其他事情，比如一只鸟的意外失踪，或者落日王子的一则玫瑰色绯闻。当然还可以说些别的，我没有任何意见。"我不会反对任何我不认识的人。"

马语

　　神秘阳光照耀着，这些马匹。这些亢奋的马匹呀，充溢着性爱深沉的秘密和山峦一样梦幻般的活力！我想，我应该和这些马匹，去谈谈远方，如果他们对远方一无所知，为什么远方风起云涌？为什么它们要交头接耳，骚动不安？这些超现实的马，它们已不仅仅只关心身边的青草，也不再关心房子，和它们谈论远方，已没有后顾之忧。如果远方是乌托邦，马永远是最伟大的企图。

模特

　　出现在母牛回家的路上，这就是我要对你说起的那口池塘，它出现在秋天的旷野，像一面内心的镜子，照出秋天的橙黄、惆怅和孤寂；还有早晨的鲜红，一生的凄楚，一生的心酸与悲凉。你看见它，它整个笼罩在冷灰色调中，宁静而安详。"对朴实谦恭的模特儿，要怀着平静的爱。"

哎哟

一个冬日的深夜，我听到一声"哎哟"，从深深山谷传上来，像月光下一块卵石的突然倾斜，或者一个人生前的一个惊讶。一声声"哎哟"，不断从深深山谷浮上来，仿佛下面对上面的责备或者恳求，我只能接纳它，而无法拒绝。"哎哟"不可解释，它只是一个象声词，一个人体本能的信号，它没有通常一个词的指定含义——声音是没有里面的。我对冬日深夜进入我灵魂的一声声"哎哟"充满感激，它们唤醒了我生命中全部的错。

状态

　　静卧山间的云，一个圣者的睡眠。一句话里面藏着长篇，很少有人能看出。盘踞屋脊的云，是巨人轻盈的猫或者被纺织俘虏的怪诞幻象，微风里有它秘密的爪子。云被放逐是时间的谦让，被折叠是对空间的尊敬：云的一无所有，是对重量的轻蔑。轻轻地，放弃思的负担；我想不声不响去异乡，像一片云在信封里度过一生。

一厘米

　　或许的一封信，已经历了飞翔，被一枚图钉按在褐暗的木门上。木门纹理清晰，在阴天的散射光下呈现出悠久的怀想。风吹，信的一角掀起，布下一隅立体的阴影，其亲切感远远超出了普通的晤面。信笺是极普通的一种，字都是些常见的字，却好像是第一次认识。熟悉的事物突然陌生，心灵肯定抵达了什么。或许的一封信，已经历了劫难，这张纸将使时间逐渐发黄。但任何时候触及它，心都会跳起一厘米！风吹，信的一角掀起偶然的面容，一瞬的栖息或掠过……

房东及其他

你们都是这间房子的陌生人，各有一枚钥匙，但都不是原配的。原配的钥匙，当然是在房东老太太手里；当然，每次来收房租水电费，她总是会先轻轻地敲门。有一天，来敲门的是另一个人，你就出去了，一去就过了一个世纪。"亲爱的，要找到你很容易。哪里疼，你就在哪里！"

没有旁观者的上午

　　强烈日光仿佛欺骗。一个没有旁观者的上午，你看见自己从池塘或者公共场所的镜子里潜泳过来，四肢类似飞翔在睡眠中完成。你清楚地看见，适当的沉浸会获得另一层意义的肌肤，它波动着纯粹的墨蓝与蚕丝般透亮的线性。你对这隐喻的自身深怀着不安，他的出现带来人的本能与液体的限制以及失去衣裳的大师的盲目。你期待着他还会从水底，忽然喷出意外的浪花与光芒！幻想或理想中，存在着合理的欺骗。作为蓝色背景，那起伏的群山虽然遥远，像你屏声敛气的呼吸一样真实。

水桶与竹笕

这水桶，看上去平静，但它知道，白云过耳。以为它木讷，无动于衷，内心却布满清澈的激喧。倒影里的故居，凝聚着，记忆一直完好如初。看见自己，更像别人。这水桶的腼腆与依顺，是否有些，像山冈上的少年，在早晨，太阳刚刚照亮，他的沉默寡言——爱这个世界，或者爱一个人，清清亮亮，爱到底。原谅这暂时的无言吧，在更远、更明净的秋天，它会说出，每一滴水的惊奇！

绿皮火车

所有的绿皮火车，都有落日情结。它们都是，往回忆录方向行驶。速度那么慢，慢到我坐在火车上，有谁沿着铁轨走路，我们可以互相并肩缓缓谈话。每到一个站都要下车买特产，那个爱唠嗑的胖子，他怎么能理解我的惆怅？而我也不会，比古人更理解落日的悲伤。我再也不会，为那些伤心小站而停留。让那个看上去铁石心肠的站长，在冬季的帽檐下热泪盈眶吧；他目送过太多的谜语离去，我只是，其中之一。

动与静

在火车上，我思考动与静的关系。我首先消除了对于动的误会。动有许多缺点，但都与它在动有关，它所隐含的危险性也并非有关具体的某一个人。接下来在动的过程中，在一瓶晶莹的矿泉水后面，我透过车窗看出远方的静里面的诸多优点，然后惊异地发现：静很有可能是一个懒汉。

晚安

请原谅静默暗影里冒昧的光亮，请原谅混沌大梦中的一个小梦，请原谅低矮小屋对崇高的放弃和它卑微的睡眠，请原谅一泡平凡的尿让上帝夜半醒来，请原谅打入黑暗内部的一个颤抖的电话，请原谅彼此什么都没有说。

一封挂号信

一封挂号信，它戴着口罩，即使穿越整个大地，也不会被人认出。它像私人侦探，像早春的感冒，它忍着咳嗽，喉咙里的花。它期待女护士药棉似的身影，忽然出现在，种有孤独苹果树的幽暗走廊。实习女护士，在走廊里叫一个名字，欸乃一声山水绿。一封挂号信，穿越沉默的时间和空间，走私童年纯真的回忆。它戴着口罩，不是害怕被忧伤的往事跟踪。只是为了躲避，尘世间可疑的阴霾。

雕刻时光

　　悄悄地，从时间的背面，看见童年的雕像。看见时间最初的耳朵，它的轮廓分明，它听得见白鹭掠过水田的风声，远处山坡上小树叶片的婆娑，以及河流渐行渐弱的歌唱。再过些日子田垄就要插秧了，用不了多久，在灿烂星夜就可以听到，远远近近的蛙鸣有多么响亮！这是时间的童年吗，有谁能告诉我们，谁是时间的母亲？如果遇见她，她能否告诉我们时间的生日，以及，它为什么如此欢乐又如此孤独。

　　这是一趟开往乌托邦的专列，你一个人的专列。如梦初醒的清晨，所有的车厢突然都空空荡荡；所有的橙汁、可乐、话语、瓜子都不见了，盒饭和方便面腻人的气息也随风而散。甚至，连车轮声都听不见了，难道那些滚动的车轮都是水果吗？这是否是最后一格黑白电影胶片，它记录了，你眼睛里钻石的光芒！多么寂静的乌托邦之旅啊，而我曾经想用整整一列火车，运载一场轰轰烈烈的爱情……

虚拟的航行

　　这是我无数次设想中的，有关我和你之间的一次航行。这是一艘白色小汽轮，在它的顶部，有油漆斑驳的红色五角星；它鸣笛的喇叭，有着牵牛花一样细长的脖颈。在简陋的船舱，你把头枕在我的腿上，身子折叠成一页白帆；你睡眼惺忪的眼帘仿佛那个夏日气象的百叶窗。河面上吹来清凉的风，徐徐抚慰着，我们生命中逐渐消逝的激情和疲惫。有人比我们更早地上岸了，深绿的果园那边，已升起淡蓝的炊烟。是在哪里呢？如果不是在这一条河流，又会是在哪一条河流上呢？

光芒游戏

冬天的太阳，从窗口照进来，携带着村庄草垛的体温。你用一面小镜子，把一块明晃晃的光斑，投射到邻桌那个女同学脸上，多么强烈而又羞涩的光芒啊，她低下头，用手挡住茂密的睫毛！你迷恋这个小小的光芒的游戏，你把那光斑又转移到她的脖颈上和油乌乌的辫子上。多年以后在一次年终宴席上，当看到许多人拿到红包欢愉的样子，你忽然对幸福产生了小小的失望。在那一刻，你无比地怀念小镜子里的山村小学，怀念那一块小小的理想的光芒！那也是你的初恋。

说吧，群山

太阳快要落山了。群山，告诉我吧，你怀抱中的小木屋，它为什么老了，是什么原因它这样落寞？是什么样的风雨，夺去了它窗棂上最后的花朵？群山，说吧，是谁把这小木屋遗忘，他还会回来吗？他是否还记得，山雀常常从门前飞过？在老屋的地板上，还能找到那根针吗？很久以前，它从祖母的指尖滑落，斑斑锈迹，是否已吃掉它思念的光芒？群山，告诉我吧，是不是一个人行将老去的时候，我们才感到他的不朽？

危险的信件

　　有人在树下睡着怕有很长时间了，跟疲倦没有关系，是太安静了！几片金黄的秋叶，落在他肩膀上，在风中微微战栗，如危险的信件。一个睡着的人就是不断掉下去，没有回声。这样的睡眠属于即兴、潦草一类，他事先没有想到自己会睡着。他的头磕在膝盖上，像逃课学生乱糟糟的书包。企图解释这个世界是这个世界最冒险的事情，对于白日梦，我们要保持足够的敬畏。

新年贺卡

年初的一天，收到一个朋友的贺卡，上面写道："他妈的，春天又来了。"不明白他怎么这样说话，他是高兴，还是不高兴呢？他怎么这样说话？这个家伙，他在去年喜欢上了反讽还有一个姑娘。收到贺卡那天阳光很好，玻璃窗反射出我居住的地方的一部分景象。我不愿意透露出这位朋友的姓名，他有说粗话的毛病，爱和恨都咬牙切齿。但是他和我一样，或者说我和他一样，在内心里都细腻地爱着一部分虚幻的生活。

小镇之二

　　阳光照亮小镇的屋顶和群山，上帝在窗口看到的景象，也大致如此。这是一个温情脉脉，令人感伤的视角，一个伟大而静穆的侧面。哎，如果一整座旅馆落满星星，当我不幸睡着了，你是否还记得我？

迷藏

　　若隐若现的回忆片段里，一个男孩在玉米地里露出头来，风吹过他单薄的肩；后来他蹲下去了，留下这片绿色的迷藏，这片迷藏被风无休止地吹拂着。在这时候，有一颗心就像一枚装满彩色粉末的子弹，我们看见它在穿行的时候，宛如一缕细细长长的丝线，沿途缝补着雁鸣霜晨的伤口。这是一枚致命的子弹，它在寻找最后的爱。狡猾的村庄在这时候，就像一只听到风声的狐狸，它躲藏起来了，仿佛不存在。"喂，你在哪里？"

油菜花

闭上眼，翻开色彩课本。一个孕妇回娘家，穿过金黄色的油菜花，一大片一大片的油菜花；她头上是一个无限透明的大蜂箱，笼罩着馥郁的蜜香。天刚刚放晴，昨天还是酥雨如酒呢，她宽大的裤脚不久便沾上了新鲜的泥巴；当她从水塘边走过，蝌蚪像乌黑的烟墨突然化开。谁家姑娘从菜花垄里拱出来，肩挎草篮，发辫上落英缤纷，一弯腰又不见了。远远地，她听见孩子在自己身体里面，哭起来了！菜花黄，一个孕妇回娘家，娘家在胭脂落日边。

青花瓷

有一种光线，只有在故乡的旧宅里，它才会出现。这种光线仿佛盲人日记，外婆的粗布或者黑暗中的井水，也仿佛曾经误入闺房的淡淡晨照。这种光线里，存活着那些已逝去事物的最原始的信息。在这光线里，不管已离别多少年，你想念谁，谁就会回来。这种朴素如蚕丝一样的光线，瞬间就会为你织出一匹凄美而又温润的回忆的锦缎。在时光深处，也只有这种光线，才能细腻地呈现出，一只青花瓷碗对生活的爱和抱怨，极其忧郁的原野气质。

地铁口

　　献给 L，献给你早期的朴素和简单，献给你对自私的认知，你发黑的眼圈，你从地铁口出现的那一瞬，献给你在书桌前刹那的怔忡和泪水，你的奋斗，你在电脑里的剪影，献给后来你纯洁里虚荣的部分。

阵雨

　　站在窗前，我原谅了这场阵雨。它使我突然变成了另一个人，这使我多少有些意外。通往远方的路上，无数不规则水洼闪烁盲目，一刻钟之前的这场雨，它的骤停，将我置身完全空白般的陌生化状态，记忆产生障碍之美。现在我必须想起另一个人，才能想起我自己。我感到体内一些肥硕的花朵已被冲洗出来，它们长久以来影响着我——这是我原谅甚至感激这场阵雨的缘故。我通常以原谅别人作为原谅自己的台阶，我要告诉黑色山峦那边的另一个人：我的恨，已接近爱。

地下通道

　　这么多人。我在哪里，你在哪里，他在哪里。在茫茫人海中，要找到自己是多么难。我们迎面相向，或者擦肩而过。谢谢。对不起。所有的衣裳，都是前世的风，吹拂拥挤的忧愁。是不是太多了，我们内心的乌云。我们互不相识，我们是隔世的兄弟姐妹；在时间的错觉里，欢聚一堂。给我一双灵魂的鞋子，让我离开你们，给我另一条水，说出别的声音。给我一张与门神相似的脸，你们认出了，那就是我的告别。相逢是一场梦，是缘。我爱你，我爱你们，你们也要爱我。

度假的人

　　夜幕降临的傍晚，有人从遥远大海边打来电话，她把手机伸向浩瀚晚潮，让我聆听波涛轰鸣的声音。"你听见了吗？""我听见了！"我听见，一朵硕大的蓝色浪花，忽然盛开在她白色衣裳。在无尽岁月里，那个夏日的傍晚，谁是大海的俘虏？生活似海洋浮沉，让人绝望又如此不舍。红色出租车，是夜里的鱼。而我们再也不能达到，20世纪末那个平凡的夜晚。星光灿烂，永远不会老去的，是更老的联系方式，是坐在银河边，给虚无写信的人。

红月亮

　　"一朵孤独的白云，躲在巨大的红色集装箱里，偷渡蓝色的大海。"这是我潜意识里，关于月亮的一个超现实幻象。那个巨大的红色集装箱，其实就是儿时见过的红月亮，只是它已经变形和放大。那应该是一个春夜，在蛙鸣声中起床撒尿，打开门来到屋子外面，突然就看见停留在篱笆上的红月亮，仿佛一张既熟悉又陌生的脸，它的庞大让人惊呆！让人好奇又深怀恐惧。红月亮，这张莫名的红色请柬，它要把我们带到哪里去？另一个星球吗？

钉子

　　躲藏在画框背后的一枚钉子，承受着风景的重量，它的一生只跟一根麻绳发生关系。空旷的展览大厅里激荡起一片玻璃的碎裂之声，画框像被一缕发丝抛弃的悬崖坠身于墙角。在我的梦里，经常有人大声吆喝："有人吗？"我装作听不见，埋头把一枚枚钉子敲进更深的梦里。

闪电

　　墙上旧镜子，是20世纪，家里的名片。那张稚气的脸哪里去了？在生人面前，他总是羞于抬起头来，他的眼神犹豫、委屈，闪烁着对未来的警觉。你无法相信，自己曾经是那个孩子，你知道，他再也不会出现了。你是如此怀念，镜子里那一片晃晃移动的森林，和莽莽群山中那个不为人知的小镇，还有那许多快被遗忘的青葱往事。在别的地方，你再也没有听到过，那样震耳欲聋的惊雷！那是在家园，在早春二月。旧镜子的裂痕，记录了那一道精彩的闪电。从远去的雁啼声里，还能听出对父母的依赖。羽毛如女同学，飘落在思乡的枕边。

云中的箱子

冬天来了。大衣呢，棉被呢。在楼上翻箱倒柜，寻找古老的云。在楼上磨蹭着，因为这纯属我个人的事情。也许，还需要寻找失踪多年的一片晚霞，如橘黄的油彩那么温暖，它应该在粗糙的亚麻画布上重现！在楼上的人，始终是一个悬念。"整整一个冬天，都有人在天空中翻箱倒柜。"

归来

那个早晨，在山冈上，我亲眼看见一场浓雾把山脚下的村庄抱走，像天使抱走一个黑色孤儿。村庄甚至来不及哭一声。雾的力量多么巨大，它把所有房屋、人、牲畜及一切坛坛罐罐都抱走，一点磕碰声都没有。村庄不知不觉去了另一个地方，它后来的回来有些蹊跷。它重新出现在浓雾散尽的山脚下时，事实上与以前已有极大的异样，但没有任何人发觉。有许多这样的事情，我不敢说出，我害怕我看见的一切都是雾。

谎言

　　你心里忽然空空荡荡的，一个字也没有；仿佛一个陌生的客人忽然离去，你感觉他莫名其妙地带走了你。他是空手走的，却仿佛带走了你的一切。"我很择床的，离开自己的床，晚上我会睡不着。"就因为这个小小的原因，你放弃了一场朝霞般的艳遇，又重返故乡的身旁。你听见候鸟飞越江面的叫声，那叫声，像一片片凄迷的钥匙，在空中打开一个又一个抽屉，"什么都没有，本来就没有什么"。秋风吹拂着完美的废墟，静穆的温暖的废墟。鼠标在透明的屏幕上搜索着越来越多的落叶，为你编织一个更大的有关轮回的谎言。一件衣裳，一件更大的衣裳！

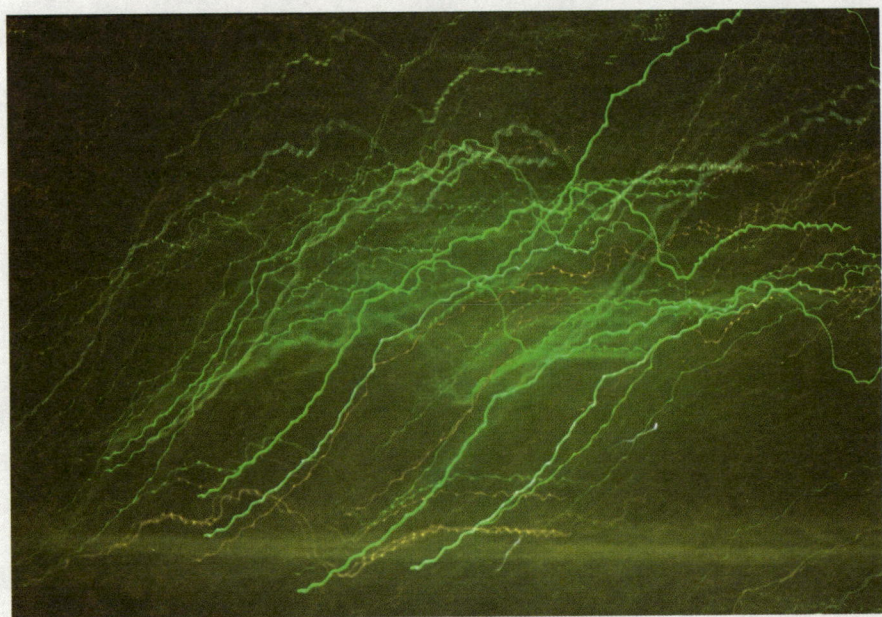

曲线与直线

　　曲线具有对空间的挑逗性，其女性化显而易见。曲线在贯彻河流的意图时，它的温柔正是它的不屈不挠。它带走了你，你还以为是你带走了它。不知身在何处，是幸福的最高境界。直线的一生极其简单，它心无旁骛到达一个终极时，肯定放弃了许多它该去而没去的地方。没有遗憾的人，肯定没有生活过。曲线本来是没有的，我们看见的所谓曲线，都只是直线的变异或变态。曲线使你迷狂，不能自拔。待你发觉直线之美时，你的想象力已具非凡的速度。那么快，你，一切就都没有了，就仿佛永远。

为L设计名片

　　这充满黄昏乡思和羽翼的诗行，这矫饰的薄片出自黎明绝对可信的曙光，这名字蓄存着一朵花全部的芬芳。谁有幸能进入这花蕊扩张的宫殿，被那辉煌，被那呼喊彻底淹没？而这个地址却是一个乌托邦，这一串电话号码的睡眠与它的苏醒一样神秘。响了！一朵花的普通话美丽又忧愁："有这个人，但没有这个地方。"

旅途

坐火车想起一个人，我曾和他共过旅程。我忘记了他的名字，还有他的模样，但我记得他的座位在我的对面。很长时间我无法回避他的目光，他除了瞌睡，总是那样看着我，却漠不关心。但我一直铭记着他的爱。

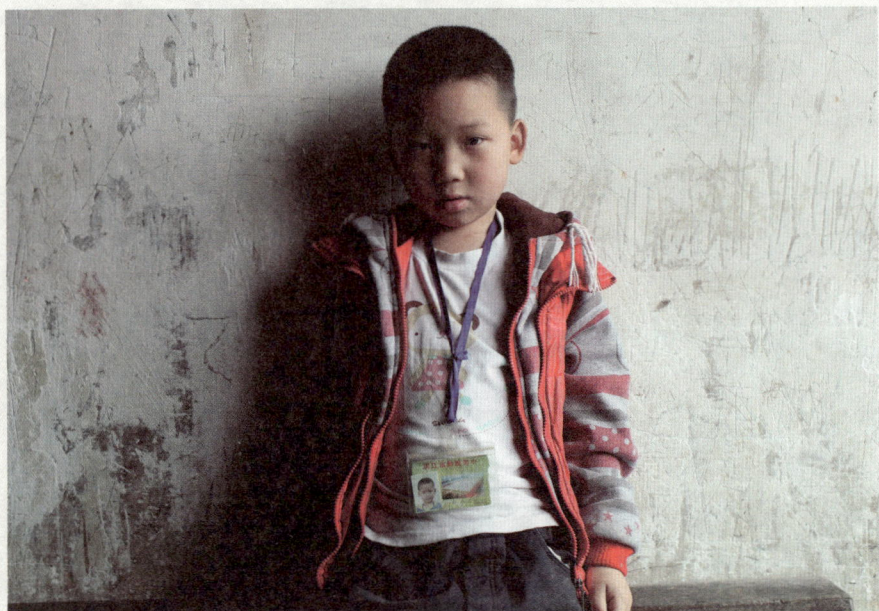

腼腆是金属中极轻的钛。尼康FM2相机的钛快门，速度高达1/4000秒，那其实已是非肉眼所能看见的时光的一闪。腼腆是精神家园上空敏感的雁阵，是母鹿对速度的歉意，是一个忧郁的大眼睛男孩对人世偶尔的好感与宽恕。

小号

　　白色墙壁，独一无二的小号，它金黄色的光泽是对大地安居的灿烂祈祷，它环回蜷曲的身姿是对音乐胎儿的有序控制。所有乐器中，小号是最适合诠释忧伤的，我喜欢的那种忧伤；明亮、怔忡、催人泪下却绝不消沉。我的眼里如果有泪花晶莹，亲爱的，请别责怪这支小号，它所可能有的全部过失，不过是在蓝色夜雾弥漫的河流边，将我的五脏六腑吹成一堆性感的篝火——那鲜艳如同罪恶。

王二小
qián jìn zhī dào shùn cóng
(前进)(知道)(顺从)
zhè biān bāng zhù fàng shào
(这边)(帮助)(放哨)
shā hài yīng xióng wáng èr xiǎo
(杀害)(英雄)(王二小)

月光和情报

　　也许只是因为一只鸟的邀请，你就离开了出生地。当你梦幻般飞越暮色中起伏的群山，你是否曾回头看一眼，那美丽是多么令人心酸！也许你从来也没有怀疑过自己的翅膀，但你是否怀疑过未知的他乡？犹如黑暗中的领袖或书生，质询一封洁白的信？在老式的驳壳枪旁边，躺着月光和情报——有一个角落，永远那么宁静。你想用大声哭泣，来暴露你心中可怜的珍藏。以及，你的敌人。

晚礼服

在有篱笆影子的水田里，夕阳正在准备它的晚礼服。过一会，它就要走了，去奔赴一场虚无的夜宴。趁着这最后的余光，我们还能看清屋顶上的积雪，是的，在炊烟拱出来的地方，雪已经消融了那么一块；但是冬天，还漫长着呢。在这山上，就这么几座小屋，而寂静的面积，远远超乎想象。夕阳穿着晚礼服走了，它留给我们的夜生活，只是温暖火塘里，一蓬原始社会的落霞。

唱诗班

让一坡荞麦粉红一片眺望，让一只鸟从蓝天归来，让一群蝴蝶在梦乡打扫机场，让所有的窗子再也看不到离别，让一朵花嫁给一块石头，让母亲再怀孕一胎灯光，让黑夜死心塌地黑它的情人，让豌豆滚动一千亩清晨，让一场雨只淋湿一根头发。

关于客厅

　　向日葵和钟摆在一起晃荡，是谁的白天在引诱我的夜晚，说我的邻居，就是说我的爱情。太空旅行者，穿拖鞋的音乐，说我的自由就是说跟你们没有关系。我害怕花开的声音，是因为害怕永远，说我的果盘价值连城，就是说我的梦想。

第二天

　　这个人提着灯，到处找第二天。灯晃动着，看不见什么，反让别人看见它。灯用光暴露自己的身份，消除夜的疑心。这个人提着灯到处找第二天，他在黑黝黝的屋影之间幽灵般徘徊。偶尔抬起头，看见天边的星星像童年时代的零花钱。哦，是不是在那时候，就把第二天用光了？真是可怕，很可能突然一下子，很多人就没有第二天了。这个人提着灯，一个智障的天才犯了一个最常识的错误：不可能在第一天找到第二天。这个人提着灯，到处找第二天，他是在替你找我，找第二天中可能的我。为这个人，为这盏灯祈祷吧。灯一旦找到第二天，它就会变成瞎子。

時间

在路上，时间是一个动词，或者一个动物。我一再提及时间，是因为我无法避免与它的遭遇。它或许是早年离家出走的浪子，现在正走在回家的路上也说不定；或是刚刚离开逻辑现场的一个模糊的背影，它的脸叫作避免。我对时间的全部好奇在于它的鞋子，有关尺码，或者质地。钟表上的时间，并非时间本身；在路上的我，是时间中的时间。我一再提及时间，是因为我无法避免，与一个人的相逢。

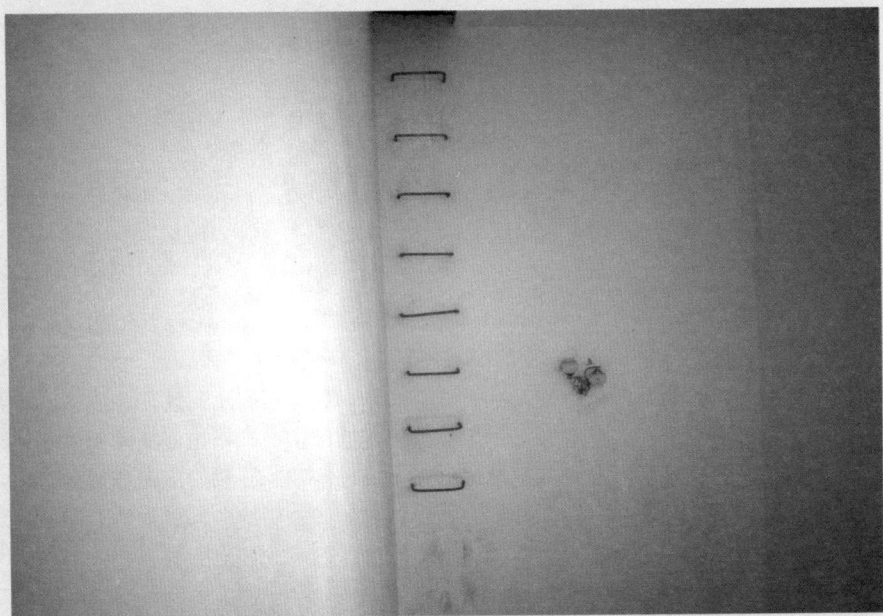

消息

　　从小就喜欢，站到很高的地方，看远处有什么消息。不管是好消息，还是坏消息，都会使我兴奋，可怕的是没有消息。碰见大信封路过，我就把里面的核吃掉，然后才向旁人，吐露出一点皮毛。我很耐心，我知道，愈是静寂的时候，愈可能发生什么。如果长久没有消息，这世界就有了问题。

年度诗人

　　小韦在县城一座高楼上，俯拍了很多照片发在微信上，只配了一行字："我在14楼，你在哪？"小韦她不知道，这是一行诗，如天外来客，不经意间就突然而至，让人怦然心跳！小韦是一个歌厅的女孩。小韦不知道，那一年，她是我心中最好的年度诗人。她只写过一行诗，"我在14楼，你在哪？"

糖果纸

我曾经徒步经过你的梦乡，在你的梦乡，看见蓝色的太阳，绿色的阳光和金龟子一样橘黄的农舍，还有巧克力一样咖啡色的城市。我不知道你是谁，我看见你的身体和灵魂始终飘浮着，像一抹荒凉的极光，从未获得过彻底的睡眠。"许我晨光和牛奶，馈赠你内衣和黎明。"

致塔可夫斯基

"天边胆小如鼠的星光。"我们谈论你直到深夜，裸体灯泡，在时间黑洞，摇曳着它的昏黄。我的朋友已经熟睡，唇边挂着一缕熄灭的钨丝；黑白村庄，晨风吹过水洼。晾在绳子上的棉袄饱吸夜露，像一个沮丧的体操动作，沉重的猎物！摄影棚里，白雾萦绕升腾，单眼皮枪手消失不见。昨夜，他从桌上拿走了，我的俄罗斯望远镜。

好莱坞绝句

他把匕首藏在花束里。那个怯懦的刺客，他再也不会来到你拂晓的床前。

旅行纪事

一次旅行。一些男人，一些女人，一辆大巴翻越崇山峻岭。车厢里很热闹，像远方嗡嗡的蜂箱。不知道他们在说些什么，平凡的世界变得嘈杂。后来一阵风吹来乌云，急急密密的雨点，打在玻璃窗上！沿途的民居和蓝色山影，变得湿润朦胧，尘土不再扬起！那真是奇妙的一刻，那些男人，那些女人，突然都沉默了。不再说话唱歌，脸上都挂满了亮晶晶陌生的安宁！那些男人，那些女人，我有的喜欢，有的不喜欢，但在那一刻，他们都是我最爱的人。

喀斯特地貌

一首短诗，睡在长夜里，一个世纪后，变成一首长诗。在启明星消失时开始，当你熟睡时我离去。总有些地图上找不到地方，我去了哪里，你们不必担心。这是我唯一美好的隐私。我曾经把时光之手印在你的乳房，它有着喀斯特地貌宁静的阴影。

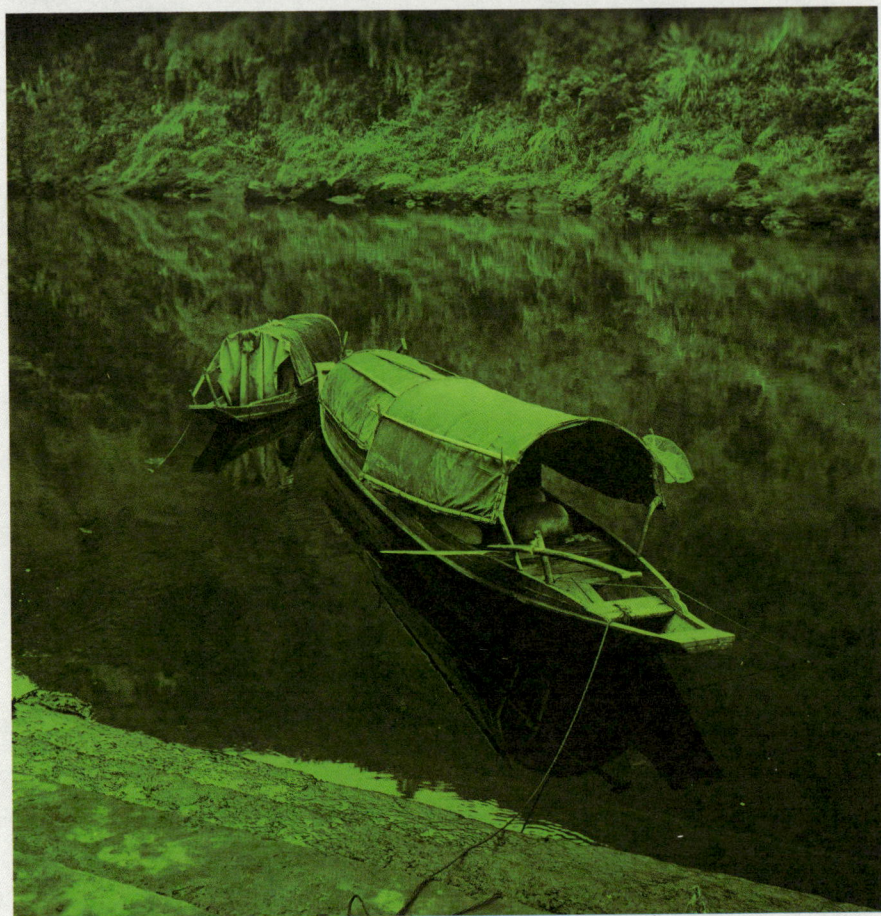

时间上游

　　竹篙清唱的别处，乌篷船睡觉。三十元一晚的波浪枕头，你可以梦见你爱的人。绿玻璃潭水绿得见底，鱼藏匿云朵降落伞。蚕茧质地，夜光表萤石微光，白日梦儿童沉溺秋天棉花糖。时间上游，风平浪静，不会传出任何风声。一个深度近视者，在做爱的时候摘下他的眼镜。

后记

　　本书的《远方酒吧》一文的图片，是女儿匡离离的作品。

　　早几年，她与几位朋友在西藏租车旅行时，拍下这张照片。透过整幅车窗玻璃，和玻璃上爬满的晶莹剔透的雨点，她拍下了近在眼前又远在天边的蓝色雪峰。

　　我没有问过她，这里具体是什么地方，这并不重要。

　　我想她是坐在副驾驶座，用她那台小小的莱卡相机，拍下了这无比苍翠宁静的一幕。

　　这是天籁，也如同馈赠。

　　很久以来，我就是一个玻璃窗爱好者。我经常憧憬自己在看得见风景的房间，尽情眺望绵延的岁月。

　　在世俗的浮沉里，有一颗清澈的心。它虽然会晃荡，却仍然杯水从容。我向往悠久的生活，一切所谓的意义，都有可能被它逐渐呈现。

　　比奇遇更多的是日常生活的幻象，它们在我们的身体周围飞翔，像无数缤纷的羽毛，节日的礼花。

　　又清晰，又模糊，这就是一张好的照片。如同我们偶尔所见的未来一样。